농부의 어떤 날

농부의 어떤 날

민승지

프롤로그 8

시작 · 봄

 첫 경험 20

 파프리카를 화나게 해선 안 돼 24

 그땐 그랬지 26

 방토의 친구 30

한창 · 여름

 빨가면 사과 40

 그것이 감자의 길 44

 달걀의 생 47

수고로운 · 가을

 뭐가 많은 가을 · 64

 피의 축제가 시작된다 · 74

쉬어 가는 · 겨울   메리 크리스마스 · 84

다시 · 봄   반가운 손님   104

 오해예요   110

 불청객   124

 #일상 #소통   132

**엄마의
특별한
레시피**   특별히 싱싱한 샐러드 · 150

 쥐 터지기 전에 · 154

 방긋 웃는 탠저린 라테 · 162

 옥수수 강냉이 털어 만든 수프 · 166

 엄마 아빠 옷 입히기 · 177

프 롤 로 그

이런 농부와

이런 그의 아내.

한꺼번에 많이 가져가야지!

어, 어엇!

쿠당탕!

이런 그의 딸과

사라진다!

헤헤

이런 그의 아들이 살고 있다.

김-치!

4월 11일 10시 농사 일지.

시작

·

봄

농부 가족의 일상을 살펴보면 계절을 알 수 있다.

빨간 지붕 농부의 집에 아침이 밝았다.

부릉부릉, 덜컹덜컹!

오전엔 땀 흘리며 씨앗을 심었다.

타임! 쉬었다 하자구!

첫 경험

그냥 친구 따라
걷는 중인
어린 농부.

짧고 강렬했던 농부의 첫 경험을 떠올리면 이렇다.

데면
데면

실례……

끄응!!!

왠지 모르게 수확의 기쁨을 느꼈던 농부였다.

파프리카를 화나게 해선 안 돼

파프리카는 화가 났다.

농부가 자길 따 놓고
냉장고에 그냥 오래
두기만 한 것이 그 이유였다.

에구머니나!
농부 가족은 잔뜩
화가 난 파프리카를
어떻게 달래야 할지
몰라 소리 지르며
도망 다녔다.

이때!
엄마가 따듯하고
포근한 치즈 이불을
가져왔다.

냉장고에서 벌벌
떨었던 파프리카는
따듯한 치즈 이불을
덮자 아기처럼
잠들어 버렸다.

다행이야.

그땐 그랬지

시원하다

브로콜리 세 자매는 뜨거운 탕에서
한바탕 데치는 중이었다.

쏴아~

단전

그때 세 자매 앞을 지나가는
샤랄라한 파 처녀!

그러고 보니 우리는
어렸을 때부터 이 머리였잖아?

방토의 친구

농부는 아침에 방울토마토를
보고 깜짝 놀랐다.

방울토마토가 서럽게
울고 있었기 때문이다.

이유는 이러했다.
동네 큰 토마토 형들이 찾아와 방울토마토를 놀렸던 것이다.

그 이야기를 들은 농부는 방울토마토에게
친구를 만들어 주기로 했다.

둘은 처음엔 굉장히 어색했지만

나중엔 둘도 없는 친구가 되었다.

8월 20일 13시 농사 일지

한창
·
여름

물을 찾아 내려가던 고구마가 길쭉해졌다.

옥수수의 키가
동생의 발밑에서부터 자라서

엄마와 누나의
키를 넘어

농부가 한참
올려다보게 되었을 때

어느새 한여름이구나 생각했다.

찌는 듯한 더위지만,

여름을 좋아할 수밖에 없는 순간들이 분명히 있다.

빨가면 사과

최근 농부 가족에겐 고민이 하나 있다.

지금 이대로가
좋아 ♡

사과 양이 익지 않고 있다는 것이었다.

지끈   지끈

농부 가족은 둘러앉아
머리를 싸매고 방법을 생각했다.

빨간 페인트로 칠해 버려요!

엄마의 방법과

불에 익히면 되잖아요!

동생의 방법으로도

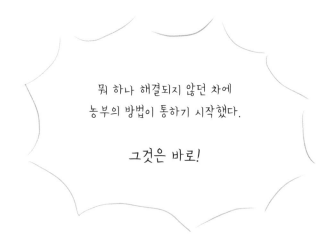

뭐 하나 해결되지 않던 차에
농부의 방법이 통하기 시작했다.

그것은 바로!

사과 양, 날로
아름다워지시네요.

그것이 감자의 길

나는 감자.

감자로 태어나

한 점 부끄럼 없이

단단하고 강력한

파시시

모 감자칩

SALT &
PEPPER

후추 감자칩이 되었지!

이 내용은 간접 광고를 포함하고 있습니다.

한 번뿐인 감자의 생!
추추 감자칩 정도는 되어야지!

우와

웅성웅성

내 워너비 ~ ~~

멋있어~
대단해!

달걀의 생

데굴

데구르르

착!

우와! 저렇게 해도 깨지지 않는다니!
멋져!

어떻게 하면
그렇게 될 수 있죠?

흠. 달걀은 말이야
세 가지로 말할 수 있어.

날달걀, 반숙, 완숙.

9월 24일 16시 농사 일지

수고로운

·

가을

소에게 여물을 줄 때는 한 번에 많이가 아니라
칸칸이 여러 번 나눠 준다. 이것이 팁이라면 팁.

가을 소풍을 떠나자!

가을 숲에서 주워 온 것들

바이올린 활에 바를 송진

물에 담가 놓으면 방 안이 촉촉해 지는 바삭바삭 솔방울

다람쥐가 버리고 간 도토리 무정

소풍에선 부스러기를 마음껏 흘려도 걱정이 없다.

낙엽 밟는 소리가 좋아 일부러 낙엽이 많은 곳으로 걷는다.

손이 주머니를 찾아 들어갈 때

가을이 왔음을 알 수 있다.

밤에는 모두 모여 영화를 본다.

세상은 넓고 호박은 다양하다.

뭐가 많은 가을

가을이 되면 농부 마을은 굉장히 분주해진다.

불끄니

울끄니

새해 보신각종을 울릴
'종맨'을 뽑는 슈퍼 호박 대회가 열린다.

댕
댕

댕

그러나 종을 칠 땐
정작 옷을 다 입고
친다.

할로윈이 되면
'각자가 생각하는 가장 무서운 것'들로
변장하거나 집 앞을 꾸민다.

뿌듯

사탕 줄 거야,
말 거야?

덜덜~

너 진짜
무섭게 변장했다.

케첩이라니.

덜덜~

가을 운동회도 열린다.

팀을 나누다 보면 무와 무청이
다른 팀에서 뛰어야 하는 상황도 생긴다.

맛있는 것이 넘쳐 나고,

추수 감사절에는 다 같이 모여 멋지게 차려입고 만찬을 즐긴다.

신나는 가을 축제가 끝나 갈 무렵
동생은 아쉬움에 마음이 허전해졌다.

그러나 동생은 달력을 보곤 다시 기분이 좋아졌다.

곧 크리스마스라는 것을 확인했기 때문이다.

피의 축제가 시작된다

하나둘씩 붉은빛으로 물들어 가는 배추 마을.

잡히면 끝이다!
아무도 붉은 손을 막을 수 없어!

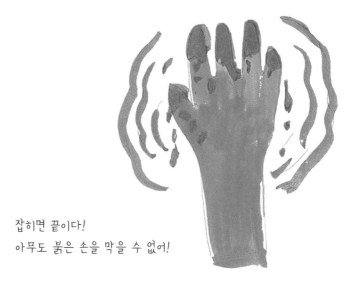

올겨울, 당신의 등줄기를 서늘하게 할
블록버스터 납량 특집 스릴러!

12월 9일 18시 농사 일지

쉬어 가는

·

겨울

작물들을 떠나보내니 적적해서 단걸 잔뜩 먹었다.

Holly Jolly Christmas!

Holly Jolly Christmas!

메리 크리스마스

노엘 노엘~

11월 말부터 농부 가족은
왠지 모르게 두근거린다.

오 대박!

두근

캔유필미 할빛

두근 1) 길거리 상점에서
흘러나오는 캐럴에 두근.

두근 2) 산타 할아버지께 선물
뭐 달라고 할지 생각하며 두근.

두근 3) 올해 크리스마스 쿠키는
무슨 모양으로 구울까 생각하며 두근.

크리스마스에
볼 게 너무 많아!

두근 4) 크리스마스 하면
떠오르는 영화들에 두근.

핀란드 산타

빨간 모자를 쓴
KFC 할아버지

미녀 산타

롯데월드 알바생

우리 모두 산타 할아버지를 직접 본 적은 없지만

이걸 보고 내 방에
잘 찾아오셔야
할 텐데!

어렸을 적 산타 할아버지가
남겨 준 추억은 이렇게나 많다.

산타할아버지께

산타할아버지 산타할아
버지는 왜 몰래 들어오
셔요? 궁금해요 산타할
아버지 사랑해요

우리 중앙유치원 선생님과
같이 썰매 타셔요? 궁금해요

받는사람 산타할아버지

12시가 넘으면 오실 거라 생각하고
기다리다 지쳐 잠들었던 적.

산타 할아버지께 받은 첫 선물.

한창 산타 할아버지는 없는 것 같다고
누나가 소동을 벌인 적도 있었지만.

그 부분에 대해서는 방울토마토와 루돌프 알바를 하고 있는
사슴이 충분히 증명해 주었다.

진지한 사슴의 모습에
어쩐지 절로 고개를 끄덕일 수밖에 없었다.

그런데 산타가 있고 없고가 중요할까?

중요한 건
어렸을 적 내복 차림으로
평소보다 일찍 일어나

머리맡의 선물을 풀어 보았던 기억이.

소박하고 조그마한
선물에도 너무나 기뻐
엄마 아빠 방으로 달려간
그 기억 때문에.

크리스마스가 되면 여전히 이렇게 두근거리는 것이 아닐까?

모두 해피 크리스마스!

3월 11일 21일 농사 일지

다시

·

봄

새롭게 씨앗을 뿌리기 위해선 땅을 뒤집어서 자갈과 돌을 빼내고
흙과 거름을 잘 섞는 일부터 먼저 해야 한다.

삽이 푹 하고 땅속에 들어가고

얼어 있던 펌프에서 물이 하나둘씩 똑, 똑, 떨어진다.

세탁소 앞엔 겨울옷을 맡기러 온 사람들이 줄 서 있다.

다 같이 소쿠리 하나씩 들고
쑥을 캐러 집을 나섰다.

봄이 왔다.

반가운 손님

빨간 지붕 농부의 집에 반가운 손님이 찾아왔다.

바로 브로콜리 머리를 한 할머니였다.

할머니는 장난을 좋아하시고,

옛날이야기를 해 주시다가도
문득 생각나는 일이 있으면

그 단어를 말하곤 하셨다.

무엇보다 할머니가 해 주시는 밥은

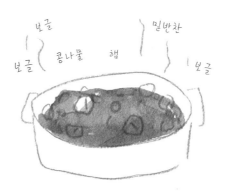

의외로 맛이 없었다.

그래도 그런 할머니가 놀러 오시는 게 참 좋다.

오해예요

지금까지 농부 가족이 농촌 생활의
소박하고 평화로운 면만 보여 주었다면

사실 남들에게 잘 보이지 않았던 세속적인 면들도 몇몇 있다.

농부 가족이 이런 사실을 일부러 숨긴 건 아니지만

사람들이 뭔가 기대에 찬 눈빛으로 질문을 할 때면
실망시킬 수가 없어 대충 둘러대곤 한 것이다.

사실 그 사실이란 건 별건 아니다.
예를 들자면, 농부는 아침에
새소리가 아닌

짹 짹

짹 짹

친구 들 만나느라
시시 시시 시시

멜론 탑 100을 들으며 잠을 깬다.

여름이면 엄마는 때때로
시원한 에어컨 바람을 쐬고 싶어서

볼일도 없이 은행을 간 적이 몇 번이나 있었고

누나는 벌레를 싫어하며

(그 모습이 비보잉과 흡사하다)

동생은 호박 스프보다 인스턴트 라면을
좋아한다는 것 정도이다.

하아-
라면 땡기는
밤이다.

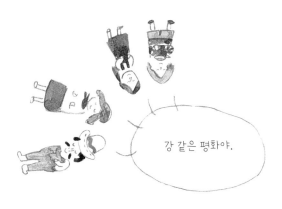

강 같은 평화야.

이렇게 털어놓고 나니
농부 가족은 한결 마음이 편해져 발을 죽 뻗고 잤다.

씨앗 하나는

작물 하나가 된다.

씨앗 하나는

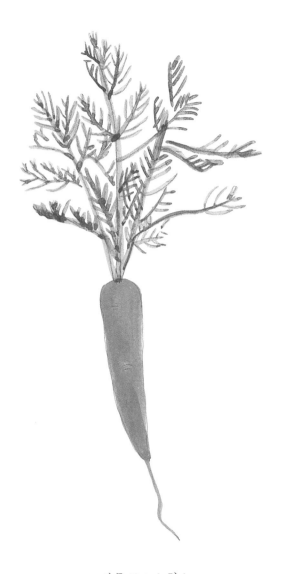

작물 하나가 된다.

바질

앉은뱅이 뚱울토마토

로즈마리

브로콜리

단델리온 민들레

세이지

파프리카

껍질째 먹는
완두콩

스냅콩

청경채

무순

달래

불청객

으앙- 울꼬야-

농사일을 하다 보면 종종 주저앉아
엉엉 울고 싶은 일들이 일어난다.

우걸걸

그중 하나는 재작년에 멧돼지 성님이
밭을 모두 엉망으로 만들고 간 일이었다.

화가 난 농부는
멧돼지 성님을 찾아갔지만
배고픈 멧돼지와 대화할 수 있는
사람은 아무도 없었다.

상심한 농부 가족은
그다음 해엔
울타리를 만들었다.

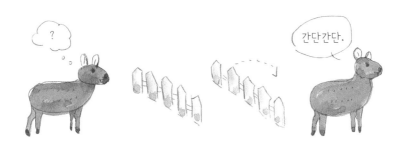

그러나 그 울타리는 고라니에겐 너무 쉬웠다.

그렇게 고라니는 비트밭에서
비트빛 입술을 만들고는 홀연히 떠났다.

그리고 올해 나타난 불청객,
토끼들은 아무리 울타리를 높게 올려도 전혀 개의치 않았다.

심지어 토끼들은 당근밭을 휩쓸어 놓고 들킬까 봐
블루베리를 닮은 똥을 싸 놓아서

끙아~

농부 가족이
잠시 블루베리밭이었나
착각하게 했다.

불청객은 동물들뿐만이 아니었다.
멋대로 비가 많이 오는가 하면

마음처럼 비가 와 주지 않는 날도 있었다.

하지만 농부 가족은 사람 일로 되지 않는 건
크게 마음 쓰지 않기로 했다.

일을 하다가 힘들면

노래 한 곡 뽑고

하루를 마치면 나무에게도
수고 많았다고 인사해 준다.

가끔 놀러 오는 불청객에겐 소심한 복수를 하곤 하지만.

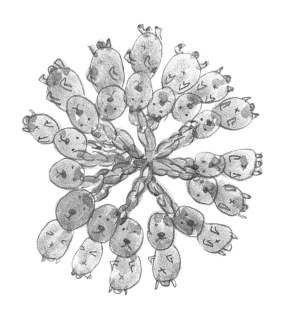

토끼 귀 땅기 정도랄까.

#일상 #소통

빨간 지붕 농부의 집에 아침이 밝았다.

달�걀을 꺼내 오고

뒷모습에서도 느껴지는 설렘

어떤 빵을 먹을지 고민하고

결국 종류별로 다 샀다.

친구들의 안부를 묻고

거위 씨! 밤새 안녕하셨어요?
저는 오늘 늦잠 자고 싶었는데
거위 씨 울음소리에 깼지 뭐예요?

 일어날 때가 됐으니 운 것이죠.

 잠을 충분히 못 자서
키가 이렇게 안 크나 봐요.

 오, 안타깝지만 그건 유전이에요.

 하하. 거위 씨도 참,
아침부터 상쾌하게.

물을 내리고

커피 빵이 올라오길 기다리는 시간.

오늘도 한결같은 일상을 보낼 수 있음에 감사한다.

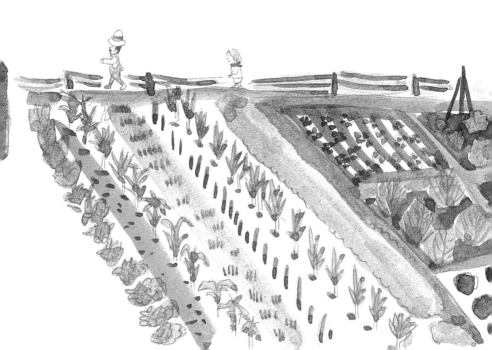

해가 지면, 하던 일을 멈추고 집으로 돌아간다.

하루를 천천히 보내고

노곤함을 느끼며

가족들의 숨소리를
자장가 삼아 잠들기를.

엄마의
특별한 레시피

◆◆◆ 특별히 싱싱한 샐러드 ◆◆◆

어,
개운하다!

악!

탈출!

1. 상추를 씻어 물기를 제거해 주세요.
2. 아보카도는 씨를 바르고 수저로 퍼서
   잘라 주세요.
3. 토마토, 블랙 올리브, 삶은 달걀을 잘라
   주세요.

Before   After

화이트와인
비네거

설탕

후추, 소금

홀그레인
머스타드

올리브유

4. 베이컨, 닭가슴살은 구운 후 네모나게 잘라 주세요.
5. 소스를 넣고 마무리해 주세요.

그리고 여기서!

6. 이렇게 하면 좀 더 활기차고 싱싱한 샐러드 완성!

✦✦✦ 쥐 터지기 전에 ✦✦✦

1. 상온에 녹인 버터에 설탕을 넣고 잘 섞어 주세요.
2. 달걀, 꿀, 생강가루를 넣고 다시 섞어 주세요.

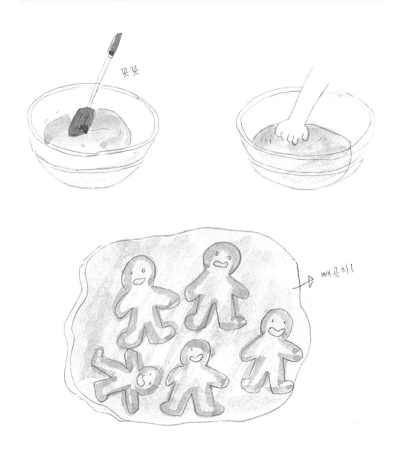

꼿꼿

빼곡히!

3. 밀가루를 넣고 주걱을 세워 섞으며 반죽한 후 손으로 뭉쳐 주세요.

4. 꺼낸 반죽을 밀대로 밀어 쿠키 커터로 찍어 주세요.

5. 오븐에 넣기 전 "사이좋게 지내라."라고 속삭여 주세요.

6. 만약 이걸 까먹었다가는!

7. 오븐 안에서 서로 치고받고 싸워 이런 모습이 되어
   나온답니다.

예를 들어, 부풀수록 좋은 슈를 구울 땐
누구든 이기라고 말해 주세요.

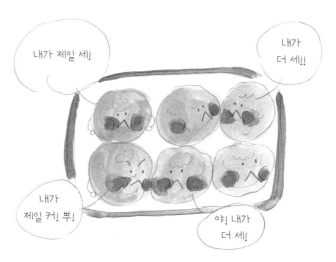

8. 그러면 반죽들이 경쟁하느라 몸집을 부풀려서
잔뜩 커다란 슈가 되어 나와요!

오늘 뭐 먹지?

로즈마리

스케버

아스파라거스

파슬리

마거리트

◆◆◆ 방긋 웃는 탠저린 라테 ◆◆◆

1. 감귤 주스와 설탕을 1 : 1 비율로 섞어 주세요.
2. 여기에 에스프레소를 내려 주세요.

폭신할수록
귤 조각이
오래 웃고
있답니다.

뽕글 뽕글

3. 웃고 있는 감귤을 얇게 슬라이스 해 주세요.
4. 에스프레소가 담긴 컵 위에 귤 조각이 폭신하게 누울
   우유 거품을 풍성하게 올려 주세요.

5. 스푼을 바닥에 붙이고 손잡이를 돌려 커피가 잘 섞이게 해 주세요.
6. 감귤 슬라이스를 조심스럽게 살포시 올려 주세요.

◆◆◆ 옥수수 강냉이 털어 만든 수프 ◆◆◆

1. 미안함을 무릅쓰고 옥수수의 강냉이를 털어 주세요.

2. 팬에 버터를 두르고 옥수수를 볶아 주세요.

3. 양파도 넣어 볶다가 자작하게 잠길 정도로 우유를 넣어
   주세요.

4. 이 모든 것을 믹서에 넣고 갈아 주세요.
5. 기호에 맞게 소금과 후추를 뿌려 먹으면 완성!

이런 접시도 OK!

수고했어, 오늘도.
모두 맛있는 식사를 하자!

농부의 어떤 날

초판 1쇄 2018년 8월 24일 | 초판 2쇄 2019년 12월 30일

글·그림 민승지
펴낸이 양정수 | 편집진행 박보람, 변지현 | 디자인 꽁 디자인 | 마케팅 양정수
펴낸곳 도서출판 노란상상 | 등록 2010년 1월 8일 (제 2010-000027호)
주소 서울시 양천구 목동동로 293, 현대41타워 910호
전화 02-797-5713 | 팩스 02-797-5714 | 전자우편 yyjune3@hanmail.net
ISBN 979-11-88867-11-0 03810

※ 이 책의 국립중앙도서관 출판사도서목록(cip)은 e-CIP 홈페이지(http://www.ni.go.kr/ecip)
  에서 이용하실 수 있습니다.(CIP제어번호 : CIP2018022026)
※ 책값은 뒤표지에 있습니다.

2017 창작 그림책 챌린지 수상작

엄마 옷 입히기

엄마의 옷장

아빠 옷 입히기

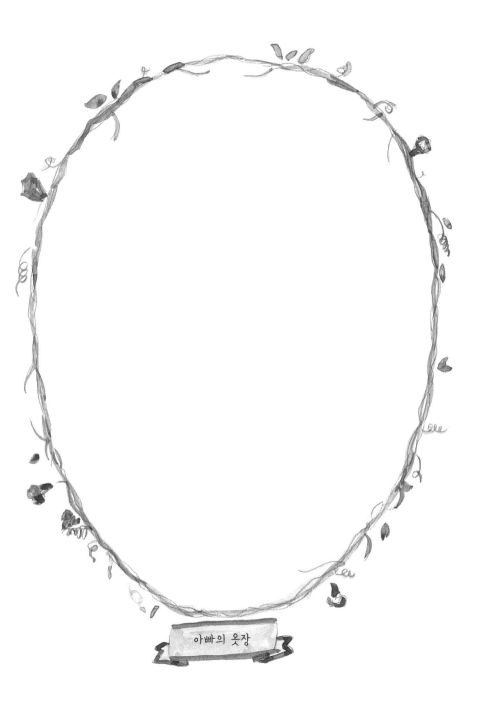

아빠의 옷장